KB130826

편편산조

한국의 단시조 028

편편산조

박영식 시집

책만드는집

| 시인의 말 |

지금은 침묵하리라

—2020년 3월

| 차례 |

2부 변주곡

3부 가을 영화

4부 겨울 잠자리비행기

5부 목련 필 때

1부

봄 뜰

난蘭

썩은 고목 밑에 살아 있는 난 한 포기

눈빛 씻는 파란 줄기 초승달로 휘어 떨고

물볕에 담근 꽃대가 천년 향을 사른다

겨울 여자

눈 덮인 산맥들이
금광을 연모하듯

돌가슴 불꽃 튀겨
사랑 노랠 지필 여자

빛 부신
쟁쟁한 하늘
아! 날刃이 퍼런
이 절영絶影에

봄 뜰

늙은 봄 뽀얀 뜰에 찰랑이는 시린 물빛

부러져 넘어진 바람 촉을 반만 틔우고

동백꽃 젖무덤 헐어 울음 타는 늦겨울

아가雅歌

잎샘의 매운 뜻은 나목裸木 끝에 더 나불고

물무늬 사그라진 빈 하늘에 선 나의 매鷹여

두 귀를 쫑긋이 세워 봄의 소릴 듣는가

삐꾸기 소묘

앵둣빛 산 마음을
퍼 담아내는 삐꾸기

물바람 낮은 목청
꺼질 듯이 돋아나고

내 둘레
헐리는 자리
울먹이며 오는 낮달

조약돌

내 작은 개여울에 파란 별은 내려앉고

시린 가슴 깎던 먼 하늘에 쟁쟁쟁

살아서 오는 소리에 귀를 여는 조약돌

봄 산

내 설움 사레들려
딸꾹질하는 뻐꾸기

작년 봄 다 가도록
여태껏 멎질 않아

눈치도
없는 누이가
딸꾹딸꾹 따라 하네

평행선

부르면 달려와서
다가서면 멀어지는

가슴에 이는 파랑波浪
소리소리 머언 메아리

잡힐 듯
가깝다가도
다시 버는 너의 손짓

거울

맑은 눈 푸른 숨결
차오르는 은살의 햇빛

밝은 그대 슬기로
어둠 소리 훔쳐내면

착한 꽃
선한 목숨이
우물 되어 흐른다

꽃봄

나무는 밀린 속옷을
한꺼번에 빨아 넌다

하얀 브라
분홍 팬티
노란 별무늬 머플러까지

훔쳐본
누군가 그만
실성하고 만다

신록

빼꾸기 목청 다듬어
들썩이는 짙은 숲 속

푸드덕 깃을 치며
일어나는 초록 바람

물소리
돌베개 삼아
청산가青山歌를 듣는다

그 여름

꽁보리밥 한 덩이를
찬물에 뚝뚝 깨어 들며

생된장 듬뿍 찍어
풋고추로 확 달군 입

그 여름
땡볕도 움찔
기가 꺾여 물러갔다

여름 산

나뭇잎 틈 사이로 빛이 새는 푸른 숲 속

젖은 흙 물 냄새가 산 향기로 번지는데

민민민 고운 울음을 밝게 쏟는 참매미

산사에서

톡 쏘는 산초나물 고추장에 비벼 먹고

정갈한 냉수 한 사발 벌컥벌컥 마시고 나면

낮달도 배가 불러서 솔가지에 졸고 있다

2부

변주곡

춤

한 생 허기진 삶 구천九天 위에 띄워놓고

천 갈래 만 갈래로 훨훨 떠돌다 보면

어느새 그늘진 곳에 머무는가 나래여

지우산紙雨傘

굵은 빗발 속에 잠긴 쪽빛 오동 한 그루

후득후득 지는 잎새 가슴 안팎 밀려오고

저 투영 밝은 음정이 흔한 잠을 깨운다

님 생각

아침 까치 소리
들릴 듯 님의 소식

한줄기 오는 소낙
창밖에 귀를 여니

파랗게 씻긴 하늘 밑
감꽃이 진다

새벽 종소리

잠든 세상의 끝 불같은 머리말을
은은한 그대 말씀 노를 저어 오고 있다
가슴에 배이는 고요 못다 우네 서러워

초여름

합죽선 쫙 펼쳐 든 초록 잎새 나뭇가지

놀란 산꿩마냥 일어난 산바람이

바위틈 이끼 적시며 물소리를 풀어낸다

피서 축제

산 계곡은 여름 내내 샴페인을 터뜨린다

힘 좋은 폭포 잔에 솟구치는 시원함

물벼락 맞은 알몸을 반겨주는 너럭바위

변주곡

내 사랑은 한 떼 소나기
숨 막히게 퍼붓는다

시야는 안개에 갇혀
아무것도 보이지 않고

단 한 점
빤한 불빛의
그대만이 있을 뿐

은죽銀竹

어쩌지 못한 이 그리움
가꿔온 만 평 연밭

버팀대 삼으려고
은죽 몇 다발 베었더니

독 묻은
화살이 되어
온 심장에 퍼붓는다

무심 無心

사랑하는 사람도
차마 떠나보내고

인연의 매운 정도
봄눈 녹듯 뚝 지워버리고

남아서 동무할 거라곤
무심밖엔 따로 없네

무미 無味

세상에서 으뜸가는
제일 감칠맛이란

단맛 쓴맛 매운맛
그도 그도 아니고

정갈한 냉수 한 사발
오직 그것뿐이다

무감無感

좋다거나 싫다거나
애증을 논하지 말게

있으면 있는 그대로
없으면 없는 그대로

보아도 아니 본 것인 양
그냥 그대로 느끼게

청자개구리연적

소낙비 그친 하늘

풀숲에서 폴짝 뛰는

물빛 청자 한 점

움찔 놀란 금개구리

서로 눈 맞닥뜨리자

내가 먼저 벌름벌름

청화백자복숭아연적

모시 적삼에 살짝 비친
누이의 저 큰 젖 좀 보아

한입 꽉 깨물고 싶도록
보랏빛 번진 유두

한 천 년
숨겨두고픈
가슴 저민 수밀도

장마

세세한 명주실을
타래타래 푸는 먹구름

철거덕 바디질을
천둥 번개가 대신하고

은백색
만 필 옷감이
긴 강물로 널린다

3부

가을 영화

초가을 밤

책 속의 말씀들이
흰 불빛에 씻기는 밤

쭈르륵 물을 붓듯
가슴 치며 달려온 비

한 소절
따를 적마다
울음 푸는 귀뚜리

가을 문답

삼복 내 목청 찢던
왕매미 울음 그 끝

물어볼 겨를 없이
당도한 귀뚜라미

서너 말
유리구슬을
자갈자갈 씻는다

세상에서 가장 느린 시간

거북이가 기어와도
이보다는 낫겠다

길 내는 달팽이라 해도
서산쯤엔 닿았겠다

온다던
그대 아직도
불길함만 더하고

강동해안

어머니 날밤 새워
검은콩을 씻으신다

쓱쓱쓱 차르르르
푸른 물로 헹궈내면

부옇게
쏟아낸 뜨물
아침 해가 솟는다

가을 영화

신작의 벌레 울음
자막으로 뜨는 이 밤

스적스적 물든
잎새 편집한 가을달이

유리창
스크린 위로
영사기를 돌린다

공룡능선

등뿔로 위협하는
설악산 공룡 서식지

가을이 절정이면
자리다툼 벌이느라

주위가
핏물로 철철
자락자락 넘치고 있다

독도

우리 땅 우리 하늘 우리 바다 아우르며

동해 먼 수평 위에 홀로 나앉은 막내둥이

밤낮을 거문고 뜯어 어머니 품 그린다

부고

다산의 복을 안고
소풍 왔던 옆집 할매

이 봄날 쑥 캐느라
산과 들 헤매더니

늦도록
길을 잃고서
집을 찾질 못하네

어떤 스케치

간간 곡소리가
울컥울컥 속을 뒤집는

가을 아침 화장장 부근
머뭇댄 잠자리 한 마리

볕바른
터를 잡고서
젖은 몸을 말린다

홍시

장마에 불이 나가
컴컴했던 하늘을

선홍빛 알전구로
새로 갈아 끼웠더니

대지는
고전을 꺼내
다시 책장 넘겨댄다

세 잎 클로버

행운을 얻겠다고
날 밟고 가지 마라

바람에 흔들리며
그냥저냥 살 뿐이다

가끔은
반 평 하늘이
꽃도 피워주는걸

오징어 땅콩

강소주에 오징어 땅콩
그저 그만이다

살다 보면 따져야 할 게
어디 한둘인가

다행히
씹어줄 만큼
어금니 아직 건재하다

겨울 플랫폼

김 폭폭 왕만둣집
기적을 토해내고

구공탄 케이크 불은
축가를 불러댄다

동장군
입성 연회에
몰려드는 발걸음

운문사 돌담

왕골로 돗자리 짜
담 울로 둘렀는지

지상에서 제일로 큰
빗살무늬토기 빚었는지

천지간
기운 다 담아
멋스럽기 끝없어

4부

겨울 잠자리비행기

의식儀式

호스피스 병동에서
긴 잠 잤던 천사 흰 새

바라춤 염불에도
꿈쩍도 않더니만

태징 쾅
벼락을 치자
번뜩 눈 떠 날았다

귀신

엊그제 깎은 손발톱
와 이리 빨리 자라노

점차 나이 듦이
귀신 닮아가나 보다

잘 자라
똑딱 튕기는
내 분신의 아까움

과녁

팽팽한 수평선을 활대에 걸어놓고
갓 솟은 해를 향해 힘껏 시위 당겨본다
명중해 쓰러진 하루 피 흘리는 저녁놀

닥나무

죽을 때 딱 소리로 내 이름 부르는 건
살아선 못 할 말을 뼈에 꾹 새김이다
한지로 다시 사는 날 상소 줄줄 쓰리라

폭설

은백색 점령군이
속수무책 달려와서

단숨에 일필 갈겨
동화나라 그려놓고

마법에
걸린 세상을
화폭으로 내건다

설매雪梅

155마일 휴전선
녹슨 철삿줄에

마디마디 꽃 터진다
하얀 웃음 속삭인다

산양도
기침 멈추고
낙관이 된 발자국

득리得理

나는 묵란을 치고
난 잎새는 내 눈빛을 닦고

너와 나 마음 한 자락
비워내는 이 작업은

결국엔
무無
그것을 위한
정적 같은
예비

가을 수채화

물빛 글썽이는 황금 비늘 잎새들은
길 떠날 하늘 아래 지느러미 흔들어대고
억새는 새 붓을 들어 백자 한 점 그렸다

습성

개는 혓바닥으로 그릇을 잘 닦는다
나는 혓바닥으로 접시를 잘 닦는다
얼마나 현실적인가 혓바닥의 극치

기타guitar

귀뚜리 설움 속아
뜨개질하는 이 한밤

쉰 음성 휘파람을
고르는 이 그 누군가

귀 열어 창가에 서면
어른대는 달빛 소리

가을 소나타

풀여치 가을 속을 포로록 뛰어든다

달빛 밤 정釘으로 쪼아 축대 허무는 귀뚜리

바람은 고운 잎새를 따 빗소리를 뿌린다

겨울 잠자리비행기

두두두두 머리 위로 파닥이는 겨울 잠자리비행기

투명한 날갯짓을 한참이나 보고 있으면

언 하늘 가슴속 무엇도 부서지고 있었다

까치밥

바닷길 등대처럼
깜박이는 홍시 한 개

그 불빛 반기면서
기러기 찾아들고

빈 들녘
허수아비는
수신호를 보낸다

유품

수 겹겹 명주 헝겊
떨림으로 펴 보이신

마지막 목숨의 불빛
운학雲鶴무늬 서 돈 금반지

내 손을
꼬옥 감싸며
눈감으신 어머니

5부

목련 필 때

귀뚜라미

정적을 깨뜨리는 초가을 밤 꼬마 야경꾼

또르륵 호각 불어 불면을 검문하는

누이들 가슴앓이를 긴장으로 몰고 간다

눈 내리는 억새평원

내 죽어 한 줌 재로
퍼얼펄 날 수 있다면

신불산 억새평원
대궁마다 꽃 피워놓고

툭 치면
쏟아낼 속울음
꾹꾹 눌러 참고 싶다

김장김치

손맛이 버무려낸 숯불 같은 김장김치
가닥가닥 쭉쭉 찢어 쌀밥 위에 척 걸치면
후식에 흰 배 씹히는 맛 그도 그저 그만이다

홍매 피다

싸한 빈 하늘을
화선지로 펼쳐 든 날

여백이 너무 좋아
한참 바라보다가

겨우내
전각한 두인만
귀퉁이에 찍었다

백야白夜

일제히 불 나갔던
살구나무도 봄이 되자

순식간 갈아 끼운
화이트 엘이디등燈

떡하니
직박구리가
신궁新宮 한 채 접수한다

분수噴水

누가 저토록 섬세하게 조각했는가
누가 저토록 무심으로 반짝이는가
빛빛의 크리스털 걸작, 살아 있는 하얀 물꽃

봄·자갈치

금조기 은갈치 물 좋은 어물 좌판
오이소 사보이소 호객 행위 감칠맛에
봄날도 이쯤에 와서 늘쩡거리 하고 있다

첫눈 오는 날

흰 눈이 덤벙덤벙
하늘에서 내리던 날

어항 닮은 우리 동네
고기 된 너와 나는

먹이에
입질하느라
발이 푹푹 빠졌다

세모歲暮에

때로 듣던 종소리도
이 한때는 더 무겁고

지평 끝에 와 닿는
뚜벅이던 내 그림자

아득한
낙조落照 저편엔
새날 여는 물새 나래

목련 필 때

가뭇해진 성감대를
살살 좀 그래그래 바람아

아아아아 눈 감기는 칠흑 땅속
환상으로 몰려오는 빛 빛 빛

발 저린
하얀 순결을 지 지금
터 터뜨리고 싶어

대밭에서

내 아침 피워 올린 청댓잎 푸른 가지

그 눈짓 어둠 닦아 금비늘로 떨고 있고

어머니, 당신의 음성이 거기 살고 있더이다

뻐꾸기

산중은 여름 내내
흰 빨래만 헹궈 널고

삼나무 머리 풀고
강심江心조차 갈앉히고

밤들자
둥근달 한 장
거울 닦아놓더라

고서古書

낭랑한 글발 소리
낙숫물에 젖어 있고

초지에 먹물 배듯
풍겨오는 맑은 다향茶香

수백 년
묵은 손때가
빛이 되어 일어선다

시가詩家의 겨울밤

뼈를 추리는
살벌한 겨울 저녁

산 것이나 죽은 것이나
두루 내겐 아픔이고

필우筆友의
소주 불빛이
간절한 이 한때를

| 해설 |

삶의 근원을 상상하는 여백과 함축의 언어

유성호 문학평론가 · 한양대학교 국문과 교수

1. 미학의 정점이자 존재론적 변곡점

두루 알다시피 시조時調는 한국 유일의 정형 양식이다. 그 가운데서도 단시조는 꽉 짜인 형식과 언어를 통해 여백과 함축의 원리를 구현하는 첨예한 서정 양식이다. 말 그대로 '짧은 노래'라는 측면에서 단시조는 반복적 향수를 충실하게 견뎌내면서 우리로 하여금 오랜 기억을 견지하게끔 해준다. 그만큼 우리는 단시조 안에서 정형 미학의 핵심으로서의 언어경제학을 한껏 느끼게 된다. 물론 단시조는 삶의 전체성을 보여주거나 시사성을 담기에는 형식적 제약을 분명하게 가진다. 그럼에도 불구하고 가장 절제되고 긴장된 노래를 통해 이러한 제약을 넘어서는 순간적 초월성을 가지기도 한다. 그때 단시조는 서정의 정점을 집중적으로 보여준다.

우리가 단시조를 통해 기대하는 것 역시 삶의 여러 양상과 이치를 담아내는 순간적 직관의 힘과 연관된다. 그렇기 때문에 비록 그 안에 소소한 인생 세목이 담기는 것이 불가능하다고 하더라도, 단시조는 작은 그릇에 삶의 양상과 이치에 대한 직관적 해석을 담음으로써 새로운 충격을 주는 역설의 토양이 된다. 그래서 우리는 단시조가 수행하는 해석 과정이 인생의 세목을 생략한 채 이루어진다는 점을 긍정하면서도, 그것이 여백과 함축의 과정을 통해 새로운 직관의 세계로 다가오는 것을 경험할 수 있을 것이다.

박영식 시인의 시조집 『편편산조』는 이러한 절제와 긴장, 직관과 여백과 함축의 언어로 섬세하게 갈무리된 정형 미학의 심미적 집성으로 우리에게 다가온다. 그 안에는 잘 다듬어지고 세련화한 시상과 언어가 결속하여 훤칠하게 집을 지은 단시조들이 나란히 더불어 살고 있다. 삶의 여러 난경難境을 넘어 "지금은 침묵하리라"(「시인의 말」)라고 다짐하는 시인의 새로운 의지가 '침묵'과 '언어' 사이를 고독하게 흐르고 있다. 그 점에서 이번 시조집은 박영식 시인에게 퍽 중요한 존재론적 변곡점이자 새로운 출발점이 되어줄 것으로 생각된다. 가령 이번 시조집은 외형적으로는 단시조 미학의 한 정점을 보여주고 있지만, 내면적으로는 박영식 개인사의 중요한 분기점이 되고도 남을 것이다. 이제 우리는 짧은 형식의 정화精華를 통해 박영식 시인 특유의 감각과 사유의 첨예한 순간성에 다가가게 될 것이다.

2. 자연에 대한 지극한 관찰과 직관적 충격

박영식 시인이 관찰하고 탐구하는 자연 사물이나 현상은 어떤 근원적이고 신성한 분위기에 감싸여 있는 경우가 많다. 그 안에는 사물이나 현상이 보여주는 장면의 아름다움과 그것들이 들려주는 소리의 신성함을 통해 원초적 통일성을 회복해내려는 시인의 잠재적 열망이 서려 있다. 시인이 바라보는 것은 사물 이면의 존재 그 자체이며, 귀 기울여 듣는 것 역시 성스러움을 담은 근원적인 '침묵의 소리sound of silence'에 가까운 것이다. 이는 신성한 존재를 통해 삶의 근원을 발견하려는 의지와도 상통하면서, 박영식 시조로 하여금 자연에 대한 지극한 관찰과 직관적 충격을 견지하게끔 인도해간다고 할 수 있을 것이다. 봄과 여름에 나타나는 자연의 색상과 소리에 가닿아 보자.

썩은 고목 밑에 살아 있는 난 한 포기

눈빛 씻는 파란 줄기 초승달로 휘어 떨고

물별에 담근 꽃대가 천년 향을 사른다
–「난蘭」 전문

이 단아한 시편은 '난'이라는 구체적 소재를 대상으로 하여 뭇 존재자들의 생명현상을 비유적으로 노래하고 있다. 가령 썩어가는 고목 아래 살아 있지만, 그 "난 한 포기"는 "눈빛 씻는 파란 줄기 초승달"로 휘어서 떨기도 하고, 나아가 물별에 담근 꽃대가 "천년 향"을 사르기도 한다. 이 명백하고도 응축적인 진술은 '난'의 외관과 생태에 충실한 관찰의 결과이지만, 시인은 그 안에서 하염없이 '떨고 사르는' 움직임과 그로 인한 삶의 기율을 발견함으로써 '난'으로 하여금 단순한 자연 사물이 아니라 삶을 은유하는 상관물로 거듭나게끔 하고 있다. 생명의 편재성遍在性과 오랜 견딤의 시간을 노래한 이 작품을 통해 우리는 박영식 시인이 바라보는 사물들이 "바람에 흔들리며/ 그냥저냥 살"(「세 잎 클로버」)아가는 존재자를 넘어서, 삶의 여러 곡절과 "매운 정"(「무심無心」)을 품고 있음을 투명하게 암시받게 된다.

빼꾸기 목청 다듬어
들썩이는 짙은 숲 속

푸드덕 깃을 치며
일어나는 초록 바람

물소리
돌베개 삼아
청산가靑山歌를 듣는다
–「신록」 전문

합죽선 쫙 펼쳐 든 초록 잎새 나뭇가지

놀란 산꿩마냥 일어난 산바람이

바위틈 이끼 적시며 물소리를 풀어낸다
–「초여름」 전문

여기 초여름의 두 풍경이 제시되어 있다. 앞의 작품에서 시인은 신록이 우거진 때 뻐꾸기 소리와 바람 소리, 물소리의 향연에 귀 기울이고 있다. 뻐꾸기 소리로 숲이 들썩이고 바람이 깃을 치며 이는 곳에서 시인은 물소리를 돌베개 삼아 "청산가를 듣"고 있다. '청산'이라고 했으니 그 공간은 일종의 유토피아 형상을 띠고 있다고 할 수 있을 것이다. 그런가 하면 뒤의 작품에서는 "합죽선 쫙 펼쳐 든 초록 잎새 나뭇가지"라는 시각적 대상을 숲으로 불러들여 "놀란 산꿩마냥 일어난 산바람"과 바위틈 이끼 적시며 흘러가는 물소리를 듣고 있다. 모두 초여름의 시각과 청각을 통해 싱그럽고 깨끗한 이미지들을 불러 모은 것이다.

시인이 노래하는 자연 안에는 "찰랑이는 시린 물빛"(「봄 뜰」)과 "물바람 낮은 목청"(「뻐꾸기 소묘」)이 흘러넘치고 "나뭇잎 틈 사이로 빛이 새는 푸른 숲 속"(「여름 산」)이 선연하게 인화되고 있다. 이처럼 우리는 정형 율격을 섬세하게 지키면서도 다양한 자연 형상을 지극하게 관찰하고 반영하는 박영식의 단시조를 통해, 삶과 사물에 대한 신성하고 고요한 시선을 물씬 경험하게 된다. 이러한 직관적 충격과 감동에 남다른 장처를 가진 박영식의 단시조 안에서 시인의 사유와 감각이 표현해내는 미학적 정점을 목도하고 있는 것이다.

3. 분별과 경계를 지우는 여백의 미학

단시조의 미학적 완결성은 압축과 여백을 중시해왔던 우리 쪽 전통을 적극적으로 이어가는 것이라고 말할 수 있다. 가장 짧은 형식을 통해, 언어를 사용하면서도 언어의 명료성을 부정하려는 노력을 통해, 단시조 미학은 이러한 압축과 여백에 대한 집착을 견고하게 지켜왔다. 물론 이는 언어 자체에 대한 불신이 아니라 언어 과잉을 경계하려는 방법적 전략을 함의한다. 다시 말해 언어 과잉을 경계하려는 미학적 선택 행위가 이러한 단시조 미학을 통해 나타나는 것이다. 그리고 이러한 양식 선택은 분별과 경계를 지우고 그 나머지는 여백으로 남기는 과정을 통해 고전적 사유와 서정적 표현을 고집스럽게 만들어내게끔 해준다. 가을과 겨울로 한번 건너가 보자.

삼복 내 목청 찢던
왕매미 울음 그 끝

물어볼 겨를 없이
당도한 귀뚜라미

서너 말
유리구슬을
자갈자갈 씻는다
–「가을 문답」 전문

물빛 글썽이는 황금 비늘 잎새들은
길 떠날 하늘 아래 지느러미 흔들어대고
억새는 새 붓을 들어 백자 한 점 그렸다
–「가을 수채화」 전문

가을이 되자 삼복 내내 울어대던 "왕매미 울음"도 끝나고 이제는 "귀뚜라미" 울음이 들려온다. 물어볼 겨를도 없이 어느새 당도한 가을처럼 "서너 말/ 유리구슬을/ 자갈자갈 씻는" 귀뚜라미 울음이 가을의 제유提喩로 환하게 들어차 있다. 그야말로 "정적을 깨뜨리는 초가을 밤 꼬마 야경꾼"(「귀뚜라미」)인 셈이다. 여기서 시인은 왕매미 울음을 '문問'으로, 귀뚜라미 울음을 '답答'으로 환치하여 계절의 흐름과 순환을 청각적으로 노래한다. 그런가 하면 시인은 '가을 수채화'라는 시각적 화폭을 통해 "물빛 글썽이는 황금 비늘 잎새들"이 지느러미를 흔들고 '억새'들이 붓을 들어 백자 한 점 그리고 있는 풍경을 단정하게 담아냈다. 다양한 감각을 활용하여 가을날 정취를 부조해낸 시인의 서정적 언어가 물감 들듯 우리에게 다가온다.

은백색 점령군이
속수무책 달려와서

단숨에 일필 갈겨
동화나라 그려놓고

마법에

걸린 세상을

화폭으로 내건다

–「폭설」 전문

한겨울 폭설에 모든 것이 차단되고 유폐되었을 때 시인은 그것을 "은백색 점령군이/ 속수무책 달려와서// 단숨에 일필 갈겨/ 동화나라 그려놓고" 간 것으로 묘사한다. '점령군'과 '동화나라'의 관계가 돌연한 충격을 주고 있고, 마법에 걸린 세상을 화폭으로 내건 시인의 마음이 아름답게 만져진다. 이러한 이미지 생성 과정은 가령 "은백색/ 만 필 옷감이/ 긴 강물로 널린다"(「장마」)라든가 "환상으로 몰려오는 빛 빛 빛"(「목련 필 때」) 같은 표현과 함께 박영식 시조의 심미적이고 환상적인 언어적 확장성을 한껏 보여준다 할 것이다.

많은 이들이 우리 시대를 일러 소멸과 퇴행과 폐허의 시대라고 하지만 우리는 여전히 서정시를 씀으로써 그러한 세상을 역설적으로 견뎌간다. 그 점에서 박영식 시인은 오랜 시간의 기억을 여백과 함축의 순간 속에 구성함으로써 그러한 시대를 견디게끔 해준다. 우리에게 이러한 견딤과 위안을 주는 치유와 긍정의 기록을 우리는 그의 단시조에서 충실하고도 심층적으로 만나는 것이다. 또한 이러한 단시조의 힘은 시인으로 하여금 존재론적으로 아득하게 퍼져가게끔 해주고, 독자로 하여금 단시조 안에서 우주적 보편성을 느끼게끔 해주는 효율성을 가진다. 분별과 경계를 지우는 여백의 미학을 통한 박영식 시인의 미학적 고투에서 우리는 시조시단의 한 극점이 구현되어가는 순간을 바라보는 것이다.

4. 순연한 그리움과 사랑의 시학

박영식 시인의 단시조는 순연한 그리움과 사랑의 마음을 핵심 원리로 삼고 있기도 하다. 그는 사물을 통해 자신의 마음을 발견하고, 다시 그 마음의 힘으로 사물을 바라보는 과정을 통해 이러한 성취를 얻어간다. 그 과정은 세계를 좀 더 넓고 깊게 받아들이려는 의지에 의해 떠받쳐져 있고, 시인 스스로의 삶에 대한 반성적 의식과 절묘하게 균형을 이루는 방향으로 구성되어간다. 결국 박영식의 시조는 기억 속에 인화된 사물과 정서에 대해 예민하게 반응하고 그것을 기록해가는 과정에서 쓴 결실인 셈이다. 이러한 원리는 때로는 사물이나 현상 자체가 스스로를 드러내는 방식으로 나타나기도 하고, 때로는 시인과 대상의 관계가 그리움의 힘으로 나타나는 형식을 취하기도 한다. 그리고 그것은 절실한 기억 안에서 사물과 정서가 잘 어울리는 순간을 끌어들이면서 우리 삶에 필연적으로 개입하는 그리움의 순간을 깊이 응시하게끔 해준다. 그 그리움이 펴져가는 언어가 말하자면 박영식의 이번 시조집에 충분하게 들어 있다고 할 수 있다.

부르면 달려와서
다가서면 멀어지는

가슴에 이는 파랑波浪
소리소리 머언 메아리

잡힐 듯
가깝다가도
다시 버는 너의 손짓
—「평행선」 전문

내 사랑은 한 때 소나기
숨 막히게 퍼붓는다

시야는 안개에 갇혀
아무것도 보이지 않고

단 한 점
빤한 불빛의
그대만이 있을 뿐
―「변주곡」 전문

부르면 달려오고 다가오면 이내 멀어지는 사랑의 '평행선'을 안타까워하면서도, "가슴에 이는 파랑/ 소리소리 머언 메아리"를 마음속에서 언제나 들을 수밖에 없는 사랑의 불가피한 항구성을 노래한 작품이다. 그렇게 사랑의 평행선은 "잡힐 듯/ 가깝다가도/ 다시 버는 너의 손짓"으로 인해 영원히 좁혀질 수 없는 거리를 안은 채 그 형식을 흩뜨리지 않을 것이다. 뒤의 작품은 "한 때 소나기"가 되어 숨 막히게 퍼붓는 "내 사랑"을 노래한다. 그 사랑은로 인해 시야는 안개에 갇히고 아무것도 보이지 않게 되는데, 그때 역설적으로 시선에 들어오는 것이 "단 한 점/ 빤한 불빛의/ 그대"이다. '변주곡'이 하나의 주제를 여러 가지 방법으로 변화시켜 다른 가락으로 만드는 형식의 악곡을 가리킨다는 점에서, 이 작품은 사랑의 여러 양상을 변주한 이색적 시편이라 할 수 있다. 이처럼 박영식 시인은 자신의 사랑 시편들에서 "살아서 오는 소리에 귀를 여는"(「조약돌」) 순결한 백지가 되기도 하고, "그대 슬기로/ 어둠 소리 훔쳐내"(「거울」)려는 의지를 내비치기도 한다. 다음은 어떠한가.

어쩌지 못한 이 그리움
가꿔온 만 평 연밭

버팀대 삼으려고
은죽 몇 다발 베었더니

독 묻은
화살이 되어
온 심장에 퍼붓는다

—「은죽銀竹」 전문

거북이가 기어와도
이보다는 낫겠다

길 내는 달팽이라 해도
서산쯤엔 닿았겠다

온다던
그대 아직도
불길함만 더하고
—「세상에서 가장 느린 시간」 전문

'은죽'이란 '은빛 대나무'라는 뜻으로 몹시 퍼붓는 소나기를 비유적으로 이르는 말이다. 시인은 독 묻은 화살이 되어 쏟아지는 은죽의 움직임 속에서 어쩌지 못하는 그리움을 느낀다. "온 심장에 퍼붓는" 은죽이야말로 가까워지면 멀어지고 멀어지면 어느새 거리를 좁혀오는 사랑의 인력引力과 독성毒性을 동시에 잘 보여주는 것이다. 또한 시인은 "온다던/ 그대"가 자신에게 돌아오는 시간이

야말로 마치 거북이나 달팽이가 기어오는 것보다 더 느리고, 오지 않을 것 같은 불길함만 더해가는 시간임을 노래한다. 한편에서는 "잎샘의 매운 뜻"(「아가雅歌」)으로 맹렬하기도 하고, 한편에서는 "어느새 그늘진 곳에"(「춤」) 머물기도 하는 사랑의 속성이 여기 흐르고 있다.

두루 알다시피, 우리가 말하는 기억이란 과거에 대한 낱낱의 실제적 재현이 아니라 지금 여기에 있는 현재형의 욕망에 의해 구성되는 원리이다. 그 점에서 박영식 시인이 선택하고 구성하는 사랑의 기억 역시 자신의 현재형과 깊이 연루될 수밖에 없을 것이다. 이러한 기억의 원리를 따라 그는 사랑의 불가능성과 불가피성을 노래하면서, 세상이 살 만한 것이라는 사실을 동시에 보여준다. 그럼으로써 현재 자신의 예술적 지향인 위안과 치유의 시학을 하나하나 구현해간다. 그렇게 순연한 그리움과 사랑의 시학은 박영식 시인이 노래하는 선명한 전언傳言 가운데 하나일 것이다.

5. 다양한 예술적 원체험과 자의식

그동안 박영식 시인은 어둠에 묻히지 않는 빛을 자신

만의 시조로 발견해왔고, 마음의 문양에 남은 얼룩이자 빛으로서의 순간을 시조로 현재화해왔다. 이러한 과정은 삶의 원체험과 닿아 있는 것이자 그것을 확장해온 경험이기도 하다. 이때 원체험이란 시인의 삶과 언어를 가능하게 했던 존재론적 원형이자 지금도 그의 시조 창작에 지속적 영향을 끼치면서 파생적 경험을 부가해가는 정신의 원적原籍 같은 것일 터이다. 이러한 원체험을 끊임없이 변형해내는 것이 원초적 기억일 테고 그것을 한 편의 서정시에서 현재화하는 것이 서정의 원리라면, 박영식의 시조는 그러한 사례의 한 전형에 속할 것이다. 그 안에서 펼쳐지는 다양한 예술적 원체험과 자의식을 들여다보자.

> 죽을 때 딱 소리로 내 이름 부르는 건
> 살아선 못 할 말을 뼈에 꾹 새김이다
> 한지로 다시 사는 날 상소 줄줄 쓰리라
> –「닥나무」 전문

> 나는 묵란을 치고
> 난 잎새는 내 눈빛을 닦고

너와 나 마음 한 자락
비워내는 이 작업은

결국엔
무無
그것을 위한
정적 같은
예비
–「득리得理」 전문

'닥나무'는 그 껍질이 한지韓紙를 만드는 데 쓰임으로써, 학문이나 예술의 생산자를 비유하는 데 맞춤이다. 살아서 못 한 말을 죽을 때에야 뼈에 새기는 것처럼, 마치 "딱 소리"로 이름 부르는 것처럼, 시인은 "한지로 다시 사는 날"에 상소를 쓰겠다는 다짐으로 '닥나무'의 존재를 엮어내고 있다. 여기서 '한지'와 '상소'는 각각 예술의 형식과 내용을 은유하면서 '시인 박영식'의 존재론적 원형이 되어주고 있다. 나아가 시인은 '묵란'이나 '난'과 교응交應하는 순간을 따라 "마음 한 자락/ 비워내는 이 작업"

이야말로 '무'를 향한 "정적 같은/ 예비"임을 노래한다. 제목으로 쓰인 '득리'는 사물의 이치를 깨닫는다는 뜻인데, 여기서 시인은 자신을 비워내고 궁극적인 '무'로 돌아가는 작업이야말로 진정한 예술이 감당해야 할 것임을 깨닫고 있는 셈이다. 결국 '한지'로 거듭나거나 '무'로 돌아가는 것은 모두 시인의 예술적 자의식을 산뜻하게 환기하면서, 시조 안쪽으로 "천지간/ 기운 다 담아"(「운문사 돌담」)내거나 "있으면 있는 그대로/없으면 없는 그대로"(「무감無感」) 스스로를 비워가는 과정에서 '시인 박영식'이 천천히 완성될 수 있음을 암시하고 있는 것이다.

낭랑한 글발 소리
낙숫물에 젖어 있고

초지에 먹물 배듯
풍겨오는 맑은 다향茶香

수백 년
묵은 손때가
빛이 되어 일어선다

–「고서古書」 전문

빼를 추리는
살벌한 겨울 저녁

산 것이나 죽은 것이나
두루 내겐 아픔이고

필우筆友의
소주 불빛이
간절한 이 한때를
–「시가詩家의 겨울밤」 전문

박영식 시인은 "낭랑한 글발 소리"나 "맑은 다향"이 가득한 '고서'를 대상으로 하여, 오랫동안 그 소리와 향이 낙숫물에 젖고 초지에 먹물 배듯 풍겨온 시간을 생각한다. 나아가 "수백 년/ 묵은 손때"가 빛이 되어 일어선 순간을 통해, 모든 학문과 예술이 가지는 축적의 속성을 노래한다. 또한 "빼를 추리는" 겨울밤에 '필우'끼리 공유할 "소주 불빛이/ 간절한 이 한때"를 말하기도 하는데, 이러한

"시가의 겨울밤"이야말로 시인의 실존적 거소居所를 은유하는 듯하다. '필우'와 '시가'를 한 몸으로 결속하여 시인은 예술가로서의 고통과 기쁨을 동시에 노래하는 가운데, 시간과 공간의 "여백이 너무 좋아/ 한참 바라보다가"(「홍매 피다」) 이제는 중심으로 진입하여 "고전을 꺼내/ 다시 책장 넘겨"(「홍시」)보는 품과 격까지 보여주는 것이다.

이처럼 박영식 시인은 예술적 자의식을 통해 새로운 경험적 충격과 그에 대한 섬세한 기억을 우리에게 보여준다. 미학적 경험의 파문을 한없이 재생하면서 불필요한 수사를 비우고 절제의 묘미를 살려낸다. 이는 최근 왕성하게 창작되는 탈脫주체 시편들과는 대극을 이루는 사례로 다가온다. 그리고 우리는 이러한 그의 지향이 시조라는 언어예술에 대한 유력한 자의식으로 이어져 가고 있다고 말할 수 있을 것이다. 다시 말해 우리는 박영식 시인의 목소리를 통해 존재자들에 대한 섬세한 기억과 함께 그것의 심미적 형상화 과정 그리고 진정성 있는 예술가적 자의식을 만나게 되는 것이다.

6. 서정의 원리에 충실한 근원적 기억

박영식 시인은 시조를 미학적으로 현재화하는 차원을 넘어, 자신의 시조를 실존적 성찰의 사건으로 바꾸어간다. 그에게 시조는 이처럼 언어의 도구적 기능을 넘어, 언어를 통해 실존에 가닿는 유일무이한 미학적 사건이 된다. 시인은 그러한 사건을 통해 이른바 자신의 존재론적 기원origin을 아득하게 재생시켜간다. 그 과정에서 숱한 근원적 기억들이 나타났을 터인데, 거기 나타난 정서는 대부분 아련한 그리움과 슬픔으로 채색되어 있다. 세계의 시원始原과 시인 스스로의 존재론적 기원을 동시에 발견해가는 이러한 과정은, 생동하는 사물의 구체성과 다채로운 기층 어휘를 통해 그리움의 변주를 구현하면서 그것을 인생의 가치로까지 확산해내는 시인의 역량으로 이어진다. 어떤 시편을 인용해도 좋을 만큼 균질성으로 충일한 그의 시조가 보내는 아득한 힘으로, 우리는 서정의 원리에 충실한 근원적 기억의 시학을 깨끗하게 바라보는 것이다.

어머니 날밤 새워

검은콩을 씻으신다

쓱쓱쓱 차르르르
푸른 물로 헹궈내면

부옇게
쏟아낸 뜨물
아침 해가 솟는다
—「강동해안」 전문

수 겹겹 명주 헝겊
떨림으로 펴 보이신

마지막 목숨의 불빛
운학雲鶴무늬 서 돈 금반지

내 손을
꼬옥 감싸며
눈감으신 어머니
—「유품」 전문

시인은 '어머니'를 집중적인 대상으로 하여 그리움과 경의를 얹은 '기억 시편'을 써간다. 이 모든 것이 가장 근원적인 존재론적 기원을 상상하려는 시인의 의지를 담고 있다 할 것이다. 어머니는 밤을 새워 검은콩을 쓱쓱쓱 차르르르 씻으신다. 그 노동의 결과인 "부옇게/ 쏟아낸 뜨물"로 인해 아침 해가 솟는다. 시인이 노래하는 울산의 '강동해안' 일출은 시간이 가면 자연스럽게 이루어지는 현상이 아니라, 어머니의 삶과 정성으로 가능해진 것이다. 또한 시인은 어머니의 유품을 노래하는 작품에서 "수겹겹 명주 헝겊/ 떨림으로 펴 보이신// 마지막 목숨의 불빛"을 바라보고 있다. "운학무늬 서 돈 금반지"와 함께 "내 손을/ 꼬옥 감싸며/ 눈감으신" 지극한 순간을 남기신 어머니의 영상이 시인으로 하여금 "한 생 허기진 삶"(「춤」)에도 불구하고 늘 "은은한 그대 말씀"(「새벽 종소리」)을 기억하게끔 한 것이다. 어머니는 그렇게 살아 계시어 "창밖에 귀를 여니"(「님 생각」) 은은하게 들려오고 "아득한/ 낙조落照 저편"(「세모歲暮에」)에도 자취를 잔잔하게 드리우신다.

세상에서 으뜸가는

제일 감칠맛이란

단맛 쓴맛 매운맛

그도 그도 아니고

정갈한 냉수 한 사발

오직 그것뿐이다

—「무미無味」 전문

내 아침 피워 올린 청댓잎 푸른 가지

그 눈짓 어둠 닦아 금비늘로 떨고 있고

어머니, 당신의 음성이 거기 살고 있더이다

—「대밭에서」 전문

이처럼 "세상에서 으뜸가는" 존재론적 기원은 "단맛 쓴맛 매운맛"을 넘어 "정갈한 냉수 한 사발"처럼 남아 있다. 그 구체적 형상으로서 시인은 다시 한번 '어머니'를 호명

한다. 아침에 피어난 청댓잎 푸른 가지처럼, 어머니는 당신의 음성으로 살아 계신다. 대밭에서 한철처럼 듣는 어머니 음성으로 하여 시인은 "점차 나이 듦이/ 귀신 닮아가"(「귀신」)기도 한다. 그렇게 우리는 이러한 근원 지향의 작품을 통해 언어예술이 인간의 이성으로는 포착하기 어려운 순간의 섬광閃光을 포착하는 것임을 알게 된다. 특별히 여백과 함축의 원리에 의해 구성되는 단시조는 더욱 그러한 속성을 날카롭게 가지면서 순간의 기억을 섬세하게 구성해간다. 우리도 그 순간의 신비에 동참하면서 서정의 원리에 충실한 근원적 기억을 만나고 있는 것이다.

7. 편편마다 드리워진 융융한 아름다움

단시조는 짧은 형식을 통해 사물과 현상에 대한 전혀 새로운 해석과 명명을 경험하게 하는 유력한 양식이다. 그 안에서 우리는 새로운 존재론적 발견을 하기도 하고, 기억을 자극받기도 하며, 차원을 달리한 해석과 감각을 부여하는 '다른 목소리'를 듣기도 한다. 그 점에서 현저한 외적 제약 아래 놓여 있는 단시조 양식은 기억과 해석의 욕망을 새롭게 충족해가는 역설적 조건을 구비하고 있는 셈이다. 박영식의 단시조는 이러한 예술적 특성을 통해 자연에 편재하는 '침묵의 소리'를 노래하고, 공리성과 심미성을 넘어서는 근원적 화음을 듣고 있다. 난청難聽을 가속화하는 시대에 이러한 음역에 가닿는 시인의 감수성은 절정의 감각으로 드러난다. 시조집 제목에 쓰인 '산조散調'가 느린 속도의 진양조로 시작하여 차차 빠른 중모리, 자진모리, 휘모리로 바뀌어 끝나는 양식임을 고려할 때, 박영식의 단시조는 비록 존재론적으로는 느리지만 언어적으로는 순간적인 여백과 함축을 만들어내는 변증법적 과정으로 설명될 만하다. 그 안에는 융융한 아름다움이 편편마다 드리워져 있다. 이제 이렇게 자신만의 단시조 미학을 완성한 그의 목소리는 더욱 다양한 형식과 의장意匠으로 우리 시조시단에 큰 자취를 보태갈 것이다. 그래서 우리는, 삶의 근원을 상상하는 여백의 함축의 언어를 완성한 이번 시조집의 표지標識를 딛고 나아갈 다음 행로에 큰 기대를 걸면서, 이번 시조집이 우리 시조시단의 명편으로 기억되기를 소망해보는 것이다.

| 연보 |

시인 박영식

* 1952년(음력 1951년 신묘) 1월 4일 6·25 동란 중 경남 사천(삼천포) 와룡동에서 아버지 박만석 님과 어머니 강위생 님 슬하에 팔 남매 중 막내로 태어남.

* 아버지 박만석 님은 일본 오사카에서 자수성가로 이룬 큰 재산을 '대동아전쟁(태평양전쟁)' 난리 통에 다 잃고서, 뼈만이라도 고향에 가 묻히겠다는 일념으로 몸만 살아 귀국하였음. 그러한 과정들에서 찾아든 화병이 원인이 되어 1958년 어머니 안태 고향인 경남 사천(삼천포)시 와룡동에서 59세로 세상을 떠남.

* 경남 사천 용산, 용현, 부산 동신, 수영 등 여섯 번의 전학 끝에 초등학교를 마침.

* 근로 청소년이 되어 부산 서울 등지를 오가며 고등공민학교에서 야학으로 중학 과정을 마침(이 과정에서 신문 배달, 구두닦이, 이발소 보조, 음악학원 지킴이, 한강 지류 목동에서 나룻배 사공, 동사무소 급사 등으로 학비를 조달함. 특히 구두닦이를 할 당시엔

손님이 없는 틈을 타 한자책을 펼쳐놓고 돌멩이로 땅바닥에 글씨를 써가며 한자를 익힘).

* 1964년 서울 영등포 소재 서울극장에서 이윤복 군의 수기를 원작으로 한 영화 〈저 하늘에도 슬픔이〉를 보고 그때부터 일기를 쓰기 시작함(후일 이 일기 쓰기가 단초가 되어 문인의 길을 걷게 됨).

* 1971년부터 취미로 문인들의 육필을 수집함(현재 500여 명분 확보).

* 1973년 또래들이 고등학교를 졸업할 나이인 19세에 부산 혜광고등학교에 입학하여 제18회 졸업생이 됨.

* 1973년 1월 대한민국의 부름을 받고 강원도 양구 방산 DMZ에서 포병 관측병으로 '75년 12월까지 35개월에 걸쳐 군 복무를 함.

* 1976년부터 부산 사상공단 직공, 가전제품 점원 등을 거쳐, 일반행정직 5급 공무원(현행 9급) 시험에 응시했으나 몇 번의 낙방으로 밑바닥 생이 되기를 결심함.

* 1977년 8월 27일 부산역 맞은편 행운예식장에서 중학 시절 동창인 김성일의 누이 김중자와 결혼식을 올림. 결혼식 다음 날 울산에 와 폐지 수집, 현대자동차 판금기능공('79년 박정희 대통령 시해 사건과 세계적 오일쇼크의 영향으로 감원 바람이 불

어 자진 퇴사함), 붕어빵 장수, 구멍가게, 분식점 등으로 생계를 꾸려감.

* 1978년 2월 5일 장남 건주, 1982년 7월 13일 차남 훈주 태어남.

* 2004년 2월 15일 어머니 강위생 님, 울산중앙병원 중환자실에서 한 많은 일생을 마감하고 현세를 떠남(96세).

* 2010년 4월11일(일) 낮 12시, 울산 남구 신정동 공업탑컨벤션 1층 드라마홀에서 박영식·김중자의 장남 건주 군과 사돈 노영칠·장순옥 씨의 장녀 희연 양이 결혼식을 올림. 이후 손자 준서, 손녀 소현을 얻음.

* 2019년 9월 19일 목요일 오후 7시 6분 울산 울주 상북면 정토마을자재요양병원 호스피스 병동 601호실에서 뇌종양대수술 후 요양 중에 아내 김중자 세상을 떠남(64세). 장례식장 : 울산영락원 501호(울산시 산업로 517번길 10). 발인일 : 2019년 9월 21일 토요일 아침. 장지 : 울산하늘공원 수목장. 장례 뒤 부산 해운정사에서 49재를 지냄.

* 1980년 국가직 공채 합격으로 1981년 3월 울산 울주 남창우체국에 첫 발령을 받아 집배원 근무를 시작함. 그해 8월 울산우체국으로 전보 발령을 받음.

* 1981년 전국체신노동조합 주최 제4회 체신정규직공무원 합격수기 현상공모에 「내 눈물도 빛나리」 가작 입상됨.

* 1983년 체신부장관 표창 받음(친절봉사 성공사례 : 「웃음꽃을 피우는 편지 장수」)

* 1984년 부산체신청장 상장 받음(친절봉사 성공사례 : 「기다리는 사람들」)

* 1995년 문화의날 공로상 받음(울산문화원)

* 2003년 제23회 울산예술제 공로패 받음(울산시장)

* 2010년 6월 남울산우체국 정년퇴직, 근정포장 받음(대한민국 대통령)

수상 경력 – 시

* 한국노총 지령紙齡 200호 기념 현장시 당선(「눈 오는 지도」)

* 제1회 공무원문예대전 詩 장려상 당선(「청대밭에 와서」, 행자부장관상)

* 제3회 우리근로자 문예작품 현상공모 詩 당선(평화은행)

* 제1회 대한민국 독도문예대전 최우수상 詩 당선(「獨島–뭍에서 쓰는 편지」)

수상 경력 – 동시

* 제9회 청구문화제 동시 대상 수상(「달」)

* 헤르만 헤세 탄생 130주년 기념문학상 동시 당선(「은빛 자전거」)

* 제4회 공무원문예대전 동시 우수작 당선(「비 오는 날」, 행자부장관상)

* 제11회 공무원문예대전 동시 우수작 당선(「신나는 통통배」, 행안부장관상)

* 제12회 공무원문예대전 동시 최우수작 당선(「가로수 아저씨」, 국무총리상)

* 제22회 새벗문학상 수상(「바다로 간 공룡」 외)

* 제5회 푸른문학상 수상(동시 :「고추 따는 날」 외)

* 제101회 월간문학 신인상 동시 당선(「바닷가에서 주운 이야기 1 · 2」)

* 2006년 한국문화예술위 문예지 게재 우수작품 선정(동시 :「반구대 암각화」)

* 제6회 울산아동문학상 수상

* 푸른동시문학회, 울산아동문학회 회장 역임. 한국아동문학인협회, 한국동시문학회 이사

수상 경력 – 시조

* 제9회 샘터시조상 장원(「초가을 밤」)

* 1984년 〈서울신문〉 신춘문예 시조 부문 우수작 당선(「片片散調」)

* 1985년 〈동아일보〉 신춘문예 시조 부문 당선(「白磁를 곁에 두고」)

* 1985년 계간《시조문학》봄호 추천완료(「조가비」)

* 제5회 울산문학상 수상(「메시지 1 – 갯벌」)

* 제13회 성파시조문학상 수상(「青沙浦」)

* 제25회 한국시조시인협회상 수상(「녹우당에서」)

* 제3회 울산시조문학상 수상(「쌀비」)

* 제33회 한국시조문학상 수상(「청동거울」)

* 제9회 오늘의좋은작품집상 수상(시조집 :『굽다리접시』)

* 제9회 낙동강문학상 수상

* 2016년 김상옥시조문학상 수상(시조집 :『굽다리접시』)

* 2015년 울산광역시 문화예술육성지원금 수혜

* 울산문인협회 회장 대행, 한국시조시인협회 이사, 울산시조시인협회 회장 역임

저서

* 『초야의 노래』(1985. 5. 처용출판사)
* 『우편실의 아침』(1987. 5. 처용출판사)
* 『가난 속의 맑은 서정』(1996. 1. 도서출판 천우)
* 『사랑하는 사람아』(1996. 2. 도서출판 천우)
* 『자전거를 타고서』(2005. 5. 동학사)
* 『굽다리접시』(2015. 12. 동학사)
* 『백자를 곁에 두고』(2016. 8. 고요아침)
* 『마트에 사는 귀신』(공저 : 제5회 푸른문학상 수상 동시집, 2007. 11. 푸른책들)
* 『별 박물관』(공저 : '푸른동시' 동인 동시집, 2011. 1. 푸른책들)
* 동시집 『바다로 간 공룡』(2017. 8. 10. 도서출판 소야주니어)
* 그림동시집 『반구대 암각화』(2018. 11. 11. 도서출판 쏠트라인)
* 『片片散調』(2020. 3. 10. 책만드는집/한국의 단시조 028)

강연

* 2011~2014년 울산시민문예대학 시조 강의(울산문인협회)
* 2012년 울산초등국어교과교육연구회 시조 특강(울산무거초등학교)

* 2012년 김해 진영중학교 초청 특강(교장 김동주)

* 2013~2014년 시조듣기교실 강의(울산제일고등학교 회의실)

* 2015년 독서주간 작가와의 만남 시조특강(울산강남고등학교)

* 2016년 '갤러리아 그레이트 시리즈' 시조특강(갤러리아백화점 진주점)

* 2019년 '가람문학관 세미나실' 시조와 육필(평택 효명고등학교 학생 등 40여 명)

공연

* 박영식 시인과 함께하는 舞行 〈겨울 화폭〉

–2008년 울산문화예술회관 소공연장(이미정 DANCE& DRAMA–NO.25 정기공연)

* 박영식 시인과 함께하는 舞行 〈사랑하는 사람아〉

–2009년 울산문화예술회관 소공연장(이미정 DANCE& DRAMA–NO.26 정기공연)

연재

* 〈울산종합신문〉「박영식 시인의 '육필문학산책'」7년간 연재

* 〈경상일보〉「동시를 읽는 아침」 연재(2013년 8월 1일~2016년 10월 21일)

* 〈울산매일〉「박영식 시인 '육필의 향기'」(2016년 4월 1일부터 주 1회 연재 중)

운영

* 서재 '푸른문학공간'

박영식

경남 사천 와룡 출생. 1985년 〈동아일보〉 신춘문예 시조 당선.《시조문학》 2회 추천완료. 시조집 『편편산조』『백자를 곁에 두고』『굽다리접시』『자전거를 타고서』『가난 속의 맑은 서정』『초야의 노래』 외 다수. 김상옥시조문학상, 한국시조시인협회상, 성파시조문학상, 한국시조문학상, 울산시조문학상, 낙동강문학상 외 다수 수상. 서재 '푸른문학공간' 운영.
sig3519@naver.com

편편산조

—

초판1쇄 2020년 3월 10일
지은이 박영식
펴낸이 김영재
펴낸곳 책만드는집

—

주소 서울 마포구 양화로3길 99, 4층 (04022)
전화 3142-1585·6
팩스 336-8908
전자우편 chaekjip@naver.com
출판등록 1994년 1월 13일 제10-927호

—

ISBN 978-89-7944-715-6 (04810)
ISBN 978-89-7944-513-8 (세트)